청어詩人選 243

갯메꽃

라현자시조집

청어

# 시인의 말

'왜 일찍이 이 좋은 것을 몰랐을까'
아쉬운 마음으로 시작해서
소녀 때처럼 꿈을 꾸게 되었고
그 꿈이 바로 저만의 시집을 묶는 것이었는데
혼자 힘으로는 꽤 오래 걸렸을 일이
주변에 지인이라고 일컬음을 받는
저를 아껴주는 많은 분들의 사랑과 격려 덕분으로
첫 시집을 선보이게 됨을 감사드립니다
시와 교제를 나누게 됨으로써
대자연과 나와 주변을 세심한 눈으로 바라보게 되었고
바라보는 눈 속엔 따뜻한 애정이 담겨있음을 깨달으며
무엇보다도 그 시간만큼은
설레고 즐겁고 그래서 가장 좋아하는 일중 하나가 되었습니다
『갯메꽃』을 만나는 모든 분들에게
작게나마 삶의 위로가 되어 지길 소망하면서
바쁘신 중에도 과찬의 평설을 써주신 윤덕진 교수님께
마음 깊이 감사를 드리며
나의 아버지 나의 주 하나님께
감사와 영광을 돌립니다

# 서시

## 용서

막대로 쫓기다 총칼로 협박당해
캄캄한 방구석에 머리 박은 작은 새
무리에 따돌려져서 지워지는 그 이름

저지른 죄 크지 만은 천 번 만 번 사하여준
하늘 계신 아버지께 갈구하는 이 간곡함
바라본 영원한 하늘 별도 달도 찬연해

# 차례

## 1부 / 길

## 2부 / 호랑이 장가가는 날

# 3부 / 갯메꽃

# 4부 / 그러게, 아니야

# 5부 / 용서

길

바지랑대 우산 아래 돗자리 깔아놓고
동생이랑 역할놀이 재미가 익을 때면
쩍쩍쩍 참새 몇 마리 소꿉놀이 훼방꾼

# 길

이리 갈까 저리 갈까
풀어야 할 수수께끼

세 갈래 머리 따서
양 갈래로 리본 묶듯

손바닥 침을 쳐가며
묻고 가는 갈림길

# 길 2

내 님이 고생하믄
내 마음 아픈 게로

자갈길 가시밭길
낼라믄 갈랑 게로

님일랑 바라옵건대
꽃길로만 가소서

# 눈깔사탕 제사상

소싯적 소풍 갔다
산소 옆 밭둑길로

할머니 모신 곳에
그리워 찾아갔네

나뭇잎 접시 삼아서
사탕 올려 절하고

집으로 오는 길
달콤한 사탕 생각에

몇 번을 뒤돌아보며
침 삼키고 참고 보니

꽃인 양 묘지 앞에 핀
눈깔사탕 제사상

# 남의 자식 되고 싶던 날

동구 밖 휘어 돌아 쭉 뻗은 논둑길을
봄에는 동무들과 가을엔 잠자리와
돈 없이 쏘아 다녀도 장터 구경 신났네

옷 가게 앞에서는 그 집 딸 되고 싶고
신발가게 앞에서는 그 집 아들 부러워라
그래도 해떨어질까 재촉하는 우리 집

# 비밀

아버지 심부름에
이집 저집 선물 배달

누렁이 셰퍼드
개 있는 집 무서워

강아지 업고 다니는
어린 동생 앞세워

집으로 돌아올 때
무언가 쫓아오듯

등짝에 소름 돋고
오금이 저려 와서

동생을 뒤로 보내어
무서움을 숨겼네

# 가수 놀이

작대기 땅에 꽂아
비스듬히 세워들고

줄넘기 칭칭 감아
손잡이를 마이크로

양다리 양팔 벌려서
불러대던 유행가

관객은 내 동무들
횡렬로 쭉 앉아서

손뼉 치며 환호하며
시키는 거 다 했는데

이제는 머리칼 흰 서리
아무 짓도 못 하네

# 오빠

봄볕이 따스하던
일손 달린 농사철에

모심기 고수였던
오빠 따라 일을 갔네

오 약손 전설의 사나이
모 꽂는 손 안 보여

남들이 하나 하면
울 오빠는 두세 배라

'내 옆에 바싹 붙어'
오빠의 그 한마디

오빠의 동생인 것이
어찌 그리 좋던지

# 얄미운 소낙비

마당 가득 덕석 위에
보리들이 잠잘 적에

갑자기 찾아오는
불청객 소낙비야

아무리 얄밉다 해도
너만 할 이 있겠냐

왔으면 더 있든지
잠깐 새 가버리고

식구들 야단법석
온몸에 땀이 범벅

그 원망 듣고 살아서
오래오래 살겠네

# 모내기

한 포기 꿈을 심고
두 포기 희망 꽂아

아버지 할아버지
오가던 논밭 둑길

발자국 소리 들으며
모가 벼로 되었네

# 술 심부름

한 되박 막걸리를
새참으로 나르다가

달큰해서 한 모금
시원해서 두 모금

양다리 힘이 풀려서
빈 주전자 되었네

# 살구 익는 철

해마다 이맘때면
잠에서 일찍 깨어

한 번도 넘지 못한
그 집 앞 담장 아래

새콤한 살구 주우러
달려가곤 했었지

잘 익은 알일수록
홍시처럼 떨어져서

바닥을 가득 채운
화사한 볼그레함

새악시 볼처럼 이나
오래 남는 기억들

노오란 주근깨 껍질
내 얼굴과 닮았네

손안에 남아있는
보드라운 감촉과

깨물면 진저리 치던
시디신 맛 생각나

# 참외 서리

원두막 망을 보다
참외 밭을 범했다네

두 손에 넝쿨 참외
땀나게 쥐고서는

주인장 기침 소리에
삼십육계 줄행랑

# 눈꽃 빙수

차디찬 하얀 겨울
입속에 떠 넣으며

소복이 눈이 내린
그윽한 고향으로

눈썰매 타고 떠나요
꽁꽁 언 손 불면서

# 그리운 칠월

흙냄새 풀풀 나던
칠월 어느 한낮에

먹구름 마차 타고
소나기 찾아온 날

토란잎 뒤집어쓰고
비 맞으며 한달음

동무들 너도나도
토란대 꺾어 들고

앞이마에 통통통
어깨너비 다 젖도록

한참을 껑충거리며
집에 갈 줄 모르네

# 새 쫓던 어린 시절

입추 지나 처서쯤 초록 벼 영글기 전
덜 여문 즙 빨아먹는 성미 급한 새 쫓으러
논두렁 모퉁이 돌아 훠이훠이 내달려

바지랑대 우산 아래 돗자리 깔아놓고
동생이랑 역할놀이 재미가 익을 때면
쩩쩩쩩 참새 몇 마리 소꿉놀이 훼방꾼

동생은 이쪽 논길 나는 반대쪽 논길
후여 우여 팔 저으며 양철통 두드리면
참새들 푸드덕대며 꼬여버린 날갯짓

# 팥죽

이사하는 날에는
팥죽을 먹었는데

붉은 빛깔 음식이
귀신을 쫓는다고

집 주위 빙빙 돌면서
한 국자씩 뿌렸다네

우리 집 이사 날에도
한 동이 두 동이씩

팥죽을 선물 받아
남은 건 팥죽 잔치

새알심 넣어 쑨 죽은
살금살금 건져 먹고

칼국수 밀어 쑨 죽은
후룩 쩝쩝 들고 먹네

시원한 나박김치
단숨에 들이켤 땐

여름밤 무더위마저
멀찌감치 달아나

# 철없는 잠꼬대

할부지 제삿날에
친지들 둘러 모여

지방 쓰고 제기 닦고
음식 담아 상 차릴 제

아랫목 귀퉁이에서
지쳐 잠든 철부지

말타기 술래잡기
해종일 뛰놀다가

곤히 자는 꿈속에서
"죽었네 살았네" 하며

숙연한 날 그 시간을
웃게 만든 잠꼬대

# 철부지의 이별

할머니 가시던 길 꽃가마 수놓은 길
이제 가면 언제 오나 구슬픈 육자배기
상여꾼 메기는 소리 온 동네 눈물바다

철부지 어린 녀석 세상 이별 알지 못해
한 손에 상장막대 한 손에 막대사탕
개구리 쫓아가느라 논둑길로 달아나

밤마다 옛날 얘기 자장가로 즐겨듣다
빈자리 더듬더듬 포근하던 그 손길이
해가며 더욱 그리워 목 메이는 서러움

# 2부

## 호랑이 장가가는 날

화단 아래 숨어볼까 화장실에 숨어볼까
온갖 생각 다하다가 벌 쏘이듯 따끔 한 방!
자식을 키우다 보니 딱 나 닮은 판박이

# 호랑이 장가가는 날

떠도는 구름 새로
뚫고 나온 반짝 햇살

소나기 분수 칠 때
호랑이 장가가네

예식이 익어갈 즈음
자드락비 퍼붓네

는개는 다소곳이
더위를 초청하고

잔바람 후텁지근
살갗을 간질이니

무서운 임 잔칫날엔
날씨마저 널뛰네

# 이월 4

키라면 키가 작고 수라면 수가 적은
남보다 덜 가져서 속상할 때 없겠냐만
고고한 너의 모습에 뒤따르네 삼월도

더 많이 가지려고 곳간을 채우려고
우리네 인생들이 발버둥 쳐대는 꼴
비웃듯 우뚝 서 있는 스물여덟 자리여

# 이월 5

추위가 기승이라
새봄이 올까마는

겨울님 울음소리
동트기 전 새벽인 양

막바지 매서운 이별
짐 꾸리는 나그네

삼월의 문턱 앞에
잘 가라 손 흔들며

봄 색시 문안인사
다시 만날 기약인 양

길 떠날 나그네 설움
달래주는 새봄님

# 장마

먹다만 밥상처럼
야트막한 저수지

찔끔찔끔 더 왔으면
장맛비 기다리네

올 거면 더 화끈하게
배부르게 와주지

# 참방게

그날도 오늘처럼 비 오다가 무덥던 날
오빠랑 참방게 잡으러 자루 메고 나선 길
더 많이 잡고 싶어서 갯벌 멀리 나갔네

어느덧 어망 자루 가득히 찰 무렵에
세상이 캄캄해져 사방은 뿌연 회색
이렇게 죽는가 보다 무서웠네 너무나

우르릉 천둥소리 쾅쾅쾅 번개 치며
장대비 앞이마를 호되게 내려칠 때
울면서 비매 맞으며 오빠 팔을 잡았네

오빠야 빨리 나가자 집에 가자 어서
울며불며 매달리며 가슴 치며 방방 뛰며
무조건 오빠 손잡고 헐떡이며 뛰었네

우는 소리 징징대며 얼마를 달렸을까
둑길이 보이고 밀물이 멀어졌다
이제는 살았나 보다 고맙데이 오빠야

그제야 보았구나 오빠가 메고 있는
무거운 그 자루 속 꼬물꼬물 참방게들
지금도 그때 그 순간 떠올리면 뭉클해

# 가마솥 찐빵

시커먼 산언덕에
하얀 김 몽글몽글

치 이익 물방울이
미끄럼 타고나면

드르륵 솥뚜껑 소리
모락모락 팥 찐빵

아 뜨거 아이 뜨거
이손 저 손 저글링에

서둘러 한입 베어
배부른 기쁨 먹고

갈라진 팥앙금 속에
엄마 사랑 찾았네

# 수저전쟁

보리밥 깔고 앉은
열무김치 춤을 추고

고추장 옷을 입혀
참기름 향수 치면

커다란 스뎅 양푼 속
수저 전쟁 발발해

혹부리 영감 같은
두 살 많은 오라버니

퉤퉤퉤 침 뱉으며
철조망 둘러치니

홀쭉한 동생들 배를
기억이나 할까나

# 못줄잡이 소녀

건너편 할부지가
어어이 소리치면

키 작은 어린 소녀
잽싸게 못줄 옮겨

네에에 메아리치며
발그레진 수줍음

# 예방주사

징하게 허약했던 희멀건 어린 시절
때마다 돌아오는 예방주사 맞는 날
반별로 길게 줄 서서 순서대로 맞을 때

눈 한번 질끈 감고 하나 둘 셋 끝날 일을
앞서 맞은 친구 보면 어찌나 부러운지
주사도 매 맞는 것처럼 앞서는 게 상수라

화단 아래 숨어볼까 화장실에 숨어볼까
온갖 생각 다하다가 벌 쏘이듯 따끔 한 방!
자식을 키우다 보니 딱 나 닮은 판박이

때마다 수첩 보고 접종하러 병원 가면
팔 다리 다 붙잡혀 발버둥 친 딸 보며
거울 속 어린 내 모습 그 애에게 보았네

# 장두감

해마다 이맘때면 사랑이 내게 온다
고향집 담장 위로 주렁주렁 달려있던
다홍빛 어른 주먹만 한 그 사랑이 찾아온다

주인의 따뜻함이 커다란 상자 안에
단아한 모습으로 줄 맞춰 앉아 있다
홍시가 되기까지는 아직 떫은 그 여정

가을을 벗어가는 앙상한 우듬지에
떨어질 듯 하나, 둘 걸려 있는 장두감들
그 온정 하늘 끝에서 이승 향해 불 밝혀

# 첫눈

아침에 눈을 뜨니 하얗게 덮인 세상
꿈속에서 만났던 첫사랑이 오셨나
기별도 소식도 없이 몰래몰래 오셨나

기억 속 뒷걸음쳐 몇몇 날을 돌아가니
맺지 못해 그리운 순수한 하얀 고백
떠나신 아련한 님께 편지로나 띄우네

열두 통 편지 속에 빚진 듯 쓰지 못 한
만날 수 없는 아쉬움 꽃 되어 피어나서
새하얀 눈송이 송이 고이고이 내리네

# 고드름

초가집 굴뚝에 밥 짓는 연기 얼고
빨랫줄 빨래들이 홍어처럼 빳빳할 때
낙숫물 고랑길 따라 고드름이 자라네

처마 밑 고드름이 얼음과자 되었지
한 개비 따다가 와삭와삭 입에 넣고
여름날 아이스케키 못지않은 맛보네

기다랗고 튼실한 건 칼싸움에 쓴다네
툭투둑 허망하게 부러지던 수정 검
한겨울 큰 할아버지 수염에 가 걸렸나

# 줄다리기

낮과 밤 줄다리기 날마다 쉬지 않네
숫줄이 이기면 하지라고 하고요
암줄이 애써 이기면 동지라고 하지요

낮과 밤 줄다리기 매일없이 시합하네
동서쪽 당기는 힘 같으면 춘분 추분
낮과 밤 길이 고르고 지내기에 좋지요

# 겨울 아침

앙상한 나뭇가지 바람에 흔들흔들
겨울 끝 음산함을 감싸 안고 속삭이네
입춘이 멀지 않다고 두 정거장 남았다고

상고대 마른 잎에 하얀 가루 반짝반짝
동트기 전 이슬 만나 반갑게 인사하네
빙판길 미끄럽다고 조심조심하라고

# 입춘

고운 임 오시는 길 고되고 고되어라

강추위 시샘 속에 매운바람 살을 에니

연약한 몸 상할까 봐 안절부절 애타네

# 처서

더위는 떠나려다
미련을 못 버리고

모기는 구완와사로
침 맞느라 분주하네

이별은 늘 아쉬워라
뜨거웠던 여름, 안녕

# 깔끄막 눈썰매장

함박눈 쌓이던 날 마을 어귀 깔끄막
짚새기 집어넣은 비료푸대 올라타고
해종일 오르락내리락 눈썰매를 타지요

온 동네 아이들이 어찌나 신나던지
볼이 얼고 손 시려도 집에 갈 줄 모르다
하나 둘 "저녁 먹어야지" 강제 호출 당하네

# 3부

## 갯메꽃

네 모습 닐 닮아서 이름이 이밥 됐나
배곯던 보릿고개 곳간 속 빈 항아리
오월에 하얀 눈 되어 위로하러 왔느냐

# 갯메꽃

바닷가 모래밭에
연분홍 너의 얼굴

첫인상 너무 좋아
친구하자 물었더니

잎사귀 꽃잎 흔들며
끄덕끄덕 답하네

메마른 척박한 땅
잡초들 틈에 끼어

이리도 깨끗하니
어떻게 살았을까

키 작은 토종 나팔꽃
억척스런 내 친구

# 갯메꽃 2

누운 듯 일어선 듯
소보록한 꽃밭 이불

토박이꽃이라서
더욱이나 정감 가네

울 애기 땅꼬마 천사
주먹 나팔 같구나

배 깔고 양팔 괴어
가만가만 담소하다

얼굴에 눈 맞추며
스르르 선잠 들면

햇살이 바람을 불러
따독따독 재우네

# 갯메꽃 3

누운 아기 모록모록
앙증맞은 꽃밭 이불

꼬마 천사 나팔처럼
조롱조롱 어여뻐라

네 얼굴 바라보다가
멈춰버린 내 시간

# 개두릅

동장군 정기 받아 쇠가시 갑옷 입고
거칠은 손 탈까 봐 산비탈 숨어 사는
쌉쌀한 산채의 제왕 버릴 것이 없어라

고운 님 기다리며 추위에 견딘 세월
인삼에 견줄만한 너의 진가 누가 알까
아무도 모르더라도 간직해온 사포닌

개씨네 처자 중에 네가 제일 으뜸이라
친정집 나들이에 한 아름 어깨 봇짐
나보다 더 환영받는 초록 치마 '금'순아

# 가지

뒷뜨락 텃밭 가에
줄 맞춰 서 있었지

연보라 꽃 떠나면
달걀 닮은 열매 달려

방과 후 출출한 배를
달래주던 달달함

# 하지 감자

모깃불 피워놓고
평상에 둘러앉아

첫 수확 보리 감자
포슬포슬 삶아 먹네

하얀 분
피는 감자가
꽃이 온 양 고운 밤

# 접시꽃

그 집 앞 대문 어귀
너른 잎 활짝 피어

오는 손 마중하고
가는 님 배웅하며

안주인 무뚝뚝함을
닮은 듯한 맵시로

# 짝사랑, 베고니아

한곳만 바라보며
수줍게 핀 베고니아

몰래한 속사랑이
들킬까 두근두근

무성한 루드베키아
꽃병풍 뒤 숨었네

# 봉숭아

대문이 없던 집에 꽃 대문이 생겼어요
엄마 등 업고 오른 빨강 꽃 하이얀 꽃
손톱에 곱게 물들여 양손 뻗고 잠든 밤

떠나온 고향 생각 거문고에 흘린 핏물
애닯픈 설화 속에 눈물 씨앗 떨어져서
간절한 소망을 담아 넋이 되어 피었네

남겨진 붉은 정표 지워질까 안타까워
그 사랑 이루려고 고이고이 간직하며
소녀는 첫눈 올 날을 두 손 모아 기다려

# 삐비

청보리 무성하면
삐기가 생각난다

보리피리 입에 물고
한 주먹씩 뽑아다가

속살의 부드러운 맛
질겅질겅 까먹네

씹다만 고무 껌도
벽에 숨겨 다시 먹던

먹거리 귀한 시절
지천에 널렸으니

추억 속 달착지근함
연한 꽃대 하얀 껌

# 채송화

바닥을 쓸어 안 듯 땅에 붙어 피었네
덩치 큰 동무들이 햇살을 막아설까
작은 틈 허락지 않고 지켜 섰네 촘촘히

내 고향 뒤뜰에서 작은 키 뽐을 내며
닿으면 찢어질 듯 만지면 멍이 들듯
여린 잎 꽃 따 가란 유혹 유난히도 많았네

# 능소화

숨겨둔 애절함이
빨갛게 물들 적에

까치발 내딛고서
담장 아래 내다보다

사무쳐 고개 떨구며
눈을 감는 그대여

# 수국

파스텔 톤 색깔 따라
몽실몽실 피어나서

줄지어 소풍 가는
유치원 아기들을

탐스런 솜사탕 되어
달콤달콤 유혹하네

# 코스모스

한여름 끝자락에
잠도 없는 코스모스

하늘하늘 웃고 있는
상큼한 네 모습에

숙이랑 나 잡아봐라
놀던 때가 떠올라

꽃 꺾어 귀에 꽂고
엉거주춤 사진 찍고

한 송이 꽃을 따서
둘이서 가위바위보

이기면 손가락 튕겨
한 잎 한 잎 따는 맛

# 이팝나무

네 모습 널 닮아서 이름이 이밥 됐나
배곯던 보릿고개 곳간 속 빈 항아리
오월에 하얀 눈 되어 위로하러 왔느냐

싱그런 너의 잎새 그윽이 마주할 때
소쿠리 가득가득 이고 선 쌀 튀밥들
둑방 길 꽃터널 타고 질주하는 밥 내음

# 장미

미혹하는 붉은 자태
성난 가시 감추었네

원수라도 갚을 기세
덥석 안아 품진 마소

빼어난 미모를 탐해
가지려다 찔릴라

# 카네이션

닿을 수 없는 그곳
어머니 그립니다

사무쳐 흐느끼며
내 안에서 눈물 짓는

5월에 꺼내지 못한
카네이션 한 송이

# 물옥잠

하늘이 숨어 잠든
산자락 작은 연못

새벽빛 첫 이슬에
정갈하게 머리 빗어

뒤꽂이 올려 꽂고서
기품 가득 내뿜네

# 국화

어릴 적 품은 꿈을
한 잎 한 잎 심었다가

오므린 망울 속에
고이고이 향기 채워

화려한 가을꽃 축제날
청초하게 피우리

# 단풍

이 산 저 산 아롱다롱 이 골 저 골 울긋불긋
청솔은 청솔대로 낙엽송은 낙엽송대로
자신을 다 내려놓고 어우러진 모두들

붉고 누른 엷고 짙음 몽글몽글 맺혀지고
넓거나 뾰족 커나 한 색으로 어울려서
고운 빛 어찌 저리도 가는 눈길 붙잡나

# 제주 동백 1

지천에 활짝 피어

수줍게 웃어 주네

뭍에서 얼은 마음

눈 녹듯 풀어져서

치렁한 잎새 사이로

따스한 봄 부르네

# 제주 동백 2

발길 닿는 곳마다 햇살을 뿌려놓아
무채색 어둔 계절 환하게 수놓았네
휘젓는 바람 소리에 흔들리는 이 마음

요염한 수줍음을 툭하고 떨굴 때는
애처로운 붉은 순정 간직하고 싶어라
허세를 부리지 않는 추운 겨울 오신 님

# 유기농 감귤

주황빛 껍질 속에 하늘에 뜨지 못한
감추인 반달들이 입안에서 터질 때
새콤한 서민의 향기 코끝 너머 퍼지네

화장으로 치장한 반들반들 미모보다
거무튀튀 흠집 난 회색빛 못난이가
여름날 화려한 유혹 흔적으로 전하네

자세히 들여다보면 주황으로 짙붉은
벗기지 못할 껍질 은장도 정절인 양
여인네 만고풍상이 신맛 단맛 되었나

# 4부

## 그러게, 아니야

나 됨을 알아주고
내 편이 되어주는

영원한 지란지교
그런 사람 없을까요

외로운 마음 한 켠에
사글셋방 놓도록

# 몸 안의 은하수

무엇을 먹었길래
무엇을 하였길래

검은 돌 뾰족한 돌
몸 안에 생겼을까

한 번씩 캐낼 때마다
비워지는 이 마음

우리네 세상살이
살다 보면 그런 거지

살고자 하는 일이
좋은 일만 있겠냐만

두어라, 돌 함께 가는
길조차도 감사해

# 몸 안의 은하수 2

늦새벽 가르며 온몸이 뒤틀린다
송곳으로 찌르는 듯 콩팥의 통곡소리
저 하늘 은하수 별들이 유성처럼 떨어졌다

얼마나 괴롭던지 떼굴떼굴 구른다
불교에 귀의했으면 대대에 길이 남을
고귀한 비구니 스님 되었을 걸 하시네

농 섞인 의사 말씀 웃픈 미소 머금는데
겸손을 잊어버려 교만과 짝할까 봐
때때로 가시로 쳐서 들뜬 나를 앉히네

# 그러게, 아니야

화초를 좋아하는
남자와 사는 여자

쇼핑을 좋아하는
여자와 사는 남자

이십 년 살다 보니
화초가 미워지고

아내가 좋아하니
쇼핑이 싫어지네

이십 년 더 살다 보면
이런 마음 없겠지

# 가지가지

출근길 집을 나와 차를 타려 하는 순간
"에이고, 이를 어째 가스 불을 안 잠갔네"

이럴 때 매번 듣는 말 "가지가지 하세요"

퇴근길 밖에 나와 주차장 앞에 서면
"에이고, 이를 어째 화장실을 안 들렸네"

그럴 때 듣는 같은 말 "가지가지 하세요"

# 안개

대관령 넘어올 때
하늘이 덮이더니

그 누가 불을 때나
하얀 연기 습한 연기

한 치 앞 보이지 않는
구름 감옥 속이라

우리네 인생길도
한순간 앞을 몰라

안개 낀 고속도로
밤 깊은 절망 속을

천천히 달팽이처럼
앞만 보고 가누나

# 홍콩야자열매

창문 곁 다소곳이
있는 듯 없는 듯이

12층 발코니에
십 년을 함께하니

"귀댁에 좋은 일 생길
작은 선물 드리오"

# 귀여운 도둑잡기

가방이 이상하다
처음엔 몰랐는데

또 가방이 이상하다
종이돈이 달아났다

막둥이 귀여운 도둑
다녀간 게 분명하다

도둑을 잡으려고
머리를 짜내었네

"도둑을 키운 엄마
살아서 무엇할꼬"

울면서 통곡을 했다
종이돈이 돌아왔다

# 내 평생의 소원

"이것이 뉘 것이냐" 산신령이 묻거들랑
"울 엄니 것이어요" 큰소리로 대답혀요
"무엇에 쓸 물건인고" 되묻거든 말할 겨

"지 평생소원일랑 울 엄니 손가락에
가락지 옥가락지 끼워드려 보는 건 게
천추의 한이나 없게 지원이나 풀어주"

# 조약돌

온몸이 동글동글
단단히 굽은 곡선

세모나고 네모난 뿔
모난 각 볼 수 없는

조약돌 주워 들고서
물에 비친 날 보네

얼마나 더 쓸려야
얼마나 더 깎여야

뾰족뾰족 모난 고집
내 안의 뿔 갈릴까

지천명 고개를 넘어
큰 숙제를 받았네

# 해수욕장

파라솔 알록달록
빼곡한 열병행진

간격 맞춘 연병장에
부대별로 사열하듯

더운 날 군기 팍 들어
피서객을 맞누나

# 평생토록

나 됨을 알아주고
내 편이 되어주는

영원한 지란지교
그런 사람 없을까요

외로운 마음 한 켠에
사글셋방 놓도록

# 태풍

때마다 잊지 않고
찾아오는 방랑객

니 승질 받아주다
상처받은 원성들

죽어야 사라지겠지
욱하는 그 소가지

# 덕분에

남들 쉴 때같이 쉬고
남들 놀 때 함께 노는

그런 게 사는 재미
소소한 행복인데

그 행복 지켜주려고
놀지 않는 덕분에

공휴일 전부 쉬고
명절날 모두 놀 때

비 오는 캄캄한 밤
기적소리 뉘 울리나

사람들 행복 지키려
잠 못 자는 덕분에

# 여름감기

아이 때 앓고 나면 나이 들어 뵈듯이
어른이 되어서도 성숙은 계속되네
요번에 앓고 나으면 흰머리 더 쇠려나

늙는 것이 아니라 익어간다 말하던데
장아찌 숙성하듯 김치가 시어지듯
사람이 익어가기엔 여름철이 제일이야

노안이 더 되려나 주름살 더 늘려나
기미도 신경통도 지름길로 달려오고
검버섯 출발선에서 도움닫기 준비하네

한 번씩 앓을 때마다 발달인지 노화인지
달라지는 몸과 마음 만들어 주는 것이
진시황 불로초라면 나에게는 웃음야

웃음은 만병통치 엔도르핀 팍팍팍
하하하 호호호호 크게 한번 웃어보고
천천히 익어 가세나 그래야지 제 맛야

# 내 강아지

손잡고 마트 간다
재잘재잘 내 강아지

곰 인형 사달라고
새 운동화 신겠다고

조르던 네가 떠올라
밤새도록 초롱 눈

기숙사 학교 간다
꽃이 된 내 강아지

덩그러한 빈 침대
바라보고 있노라니

다시금 엄마 껌딱지
되어 주면 좋겠네

# 맛집 앞 줄서기

천국 갈 때 이럴래나 지옥 갈 때 이럴래나
소문난 맛집 가는 줄서기 끝이 없네
한 끼를 즐긴다 해도 맛집 먹방 하고파

달 익는 찬바람에 별 헤이며 서성이는
추위도 어두움도 줄서기 어찌 못해
새빨간 숯의 무도회 무도장을 향하여

뜨겁게 달아오른 동그란 화로 얼굴
촤악 쫙 지글지글 소리로 한입 먹고
연기 속 불 향기 따라 이야기로 두입 먹고

# 석 3에 대하여

짝짓고 남은 하나
외로워 어찌 하나

둘이면 둘이고
넷이면 넷이어야지

셋이면 짝짓기 할 때
짝이 없어 슬프다

참을 인이 셋이면
살인도 면한다고

중국인들 삼자라면
사족을 못 쓰는데

여자는 셋이 모이면
접시 깨기 바쁘다

# 발톱 2

지나온 삶의 무게 울퉁불퉁 굴곡져서
밟히고 깎여가며 앞만 보고 달리다가
발가락 윗자리에서 늙어가네 묵묵히

견뎌온 세월 속에 색 바랜 병든 얼굴
숨기려 짙은 화장 예술로 승화해도
거할 곳 삶의 밑바닥 땅 디디는 덧신 속

웃자람 막아내듯 곁가지 다듬듯이
먼저 난 자 먼저 가고 나중 난 자 나중 가는
공평한 질서의 세계 순종하는 님이여

# 연륜

잔머리 손주와 할머니의 끝말잇기
"설악산" "산기슭" "슭자로 뭐라 할겨?"
"슭을 놈" "머리 굴려야 고기고기뿐이여"

"그런 게 어딨 당가" "워메워메 한 번 더 혀"
"내가 먼저 시작할겨" "소방서" "서방질"
"질그릇" "내가 이겼다" "뭔 소리여" "룻데껌"

# 수의에 담긴 사랑

억겁에 쌓은 인연 부모 자식 맺은 천륜
살아서 갈 수 없는 다시 못 올 하얀 꽃길
사랑을 죄다 긁어서 삼베 원삼 바치네

명주는 되는 것이 무명은 당치 않네
단단한 온 박음도 뒤로 가는 바느질도
단 한 뜸 허락지 않는 자식 앞날 비는 맘

빚쟁이 자식 위해 넋이 되어 피운 사랑
죽어서도 일편단심 매듭도 용납잖네
불효자 눈물을 담은 회한 서린 옷 한 벌

# 5부

용서

물동이로 물 길어 가마솥에 불 지펴
허약하신 울 엄마 이겨 온 세월 담아
감기고 씻기신 손길 다사롭던 그 사랑

# 누졸재

에움길 돌고 돌아 치악산 동쪽 자락
몹시도 누추하다 스스로 옹졸하다
선생님 겸허 지정이 옛터 위에 빛나네

격변기 어둔 세상 군자의 도를 따라
가난함 산나물에 목마름 돌우물에
뉘라서 안빈낙도를 이와 같이 행할꼬

오백 년 고려 왕업 충절의 불사이군
수양산 백이 숙제(伯夷叔齊) 버금가면 서럽다 할
청백리 의로운 은사(隱士) 갈 곳 없어 애달다

골짜기 김을 매며 집필한 역사 서시
그 깊고 높은 학문 온 누리에 충만하여
어두운 세상 불 밝혀 찬연하게 비추리

# 운곡 선생과 태종 임금

혼탁한 시대 속에 초연한 학문 정진
시와 문 경지 높아 왕세자 스승 되니
역사상 전무후무한 장원급제 임금님

학덕이 출중하고 인품이 고매하여
방원의 잠저 시절 군자의 도 훈육하니
어이해 사제지정에 대의명분(大義名分) 팔소냐

그리운 선생님과 정사를 논하고자
나라님 수백리 길 달려온 삼고초려(三顧草廬)
치솟는 연독지정(吮犢之情)을 감내하신 그 사랑

초야에 김을 매며 절의 지킨 세한고절
스승님 일편단심 태종도 꺾지 못해
크신 뜻 깊이 깨달아 돌아서 간 원통재

# 세한고절

바위에 우물 파서 갈증을 면하시고
고사리 나무 열매 허기를 달래시며
청렴한 군자의 기품 꿋꿋하게 지켰네

뉘라서 부귀공명 초개같이 내던지고
오로지 충군애국 대의명분 실현할까
외로이 지조 지키며 견디셨던 절의심

격변기 어둔 세상 누졸재 은둔하여
시와 문 역사 담아 자양의 붓* 계승시켜
진정한 말씀과 글로 고증하신 나라 빛

엄동의 혹한 속에 하늘 향한 곧은 충절
우뚝 선 절벽 위에 푸른 기개 강강(强剛)하니
무서리 길게 내려도 일편단심 청솔로

비바람 긴긴 세월 초야에 김을 매며
학문에 정진하니 크신 뜻 남기셨네
원성골 넘고 넘어서 온 누리에 밝힌 불


＊자양(紫陽)의 붓: 송나라 때 주자(朱子)가 자양학당(紫陽學堂)을 세우고 제자들
을 가르치며. 자치통감강목(資治通鑑綱目)이라는 역사책을 편찬하였는데 자양의
붓이란 역사를 집필하는 사관(史官)의 붓을 가리킴

# 그날의 함성
−횡성 독립만세 100주년을 기념하여

기미년 횡성 장날 만세 장터 열렸도다
지게랑 소쿠릴랑 깃발 뒤에 던져 놓고
군민들 목청 터지게 대한 독립 외쳤네

어사매 가가호호 민초들 앞장섰다
그 누가 시켰는가 그 누가 떠밀던가
오로지 맨땅 맨손에 받들었다 하늘뜻

태극기 겹겹 첩첩 하늘을 뒤덮었고
의기는 태기산 너머 일본으로 북간도로
선열들 드높은 함성 감당할 자 누구랴

금쪽같은 아들딸들 총탄 앞에 쓰러지고
가없는 시위행진 맹렬한 불길같이
타거라 불사조처럼 일어서는 분노여

역사적 진실들이 왜곡되는 이 현실에
분명히 기억해야 할 열사들의 피 흘림
조국을 위하여서는 목숨까지 버렸다

살과 피 녹여내며 최후의 순간까지
독립의 꽃피우려 내 한 몸 불사르니
거룩한 이름 강산에 길이길이 남으리

# 한일 관계

지난날 앙금들이
켜켜이 쌓이더니

가슴에 옹이처럼
응어리져 맺혔구나

얽히고설킨 갈등을
어이하면 풀려나

# 용서

샅샅이 짓밟히고 오롯이 감당하다
캄캄한 방구석에 웅크린 작은 새
속속히 무리 속에서 따돌려진 그 이름

왜 나여만 하나요 신을 향해 울어 봐도
영혼을 옭아매듯 밤 그림자 쫓아오네
기억 속 고통의 바다 너무 깊고 아득해

때린 놈 다리만 잘 뻗고 자는 세상
철없을 때 그렇지 뭐 새털 같은 그런 말들
정수리 욱신거리는 주홍 글씨 피멍울

우리가 우리에게 죄지은 자 사하여주듯
하늘 계신 아버지께 비는 용서 간곡하다
바라본 캄캄한 하늘 별도 달도 찬연해

# 회상

희뿌연 잿빛 세상 설핏한 햇볕 아래
지난날 회상하며 옛 기억 떠올리네
청명한 푸른 하늘 아래 빛나던 꿈 날개 친

어느덧 그 하늘이 검은 울음 울고 있다
땅도 따라 울고 웃다 그 사이 병들었다
탈을 쓴 낯선 이들은 갈 곳 잃어 헤매고

눈 뜨면 회색도시 피할 수 없는 숙명
하늘색 크레파스 잿빛으로 변했네
눈 익은 민낯이 되어 돌아갈 날 언젠고

# 그 해 봄은

온통 빈 들녘은 봄소식 띄우려고
땅속뿌리 나무 꽃눈 움트려 애면글면
춘삼월 저리 망설여 봄은 언제 오려나

두려움 거미줄 친 발길 등진 가겟집
다시 열 기약 없이 묵직한 빗장 걸때
매정한 꽃샘바람만 제멋인 양 부는 봄

들창 밖 박새 울음 눈시울 젖는 오후
아지랑이 너울대는 밭둑에 털썩 앉아
저 홀로 봄을 캐다가 달래장을 비빈다

# 아버지

하늘색 셔츠 보면 떠오르는 그 얼굴
우뚝 선 매부리코 인자한 카리스마
따스한 눈길 하나로 내리사랑 주셨네

우등상 받아온 날 숨기지 못한 그 미소
좀 더 자라 다독이며 보리굴비 발라주던
각별한 손길 하나로 용기 심어 주셨네

남들이 기피하는 염과 소렴 그 헌신
어르신들 몰라보면 혀를 차며 훈계하던
두둑한 배짱 하나로 살아가신 한평생

# 초록찬가

눈 들어 세상 보라 산과 들 물든 초록
짙푸른 바탕 받힌 전체 배경 조연배우
각양 꽃 유색 열매는 빛나는 주연배우

넓적한 잎 총총한 잎 덩굴 초록 넝쿨 연두
서로서로 사이좋게 제 처소에 자락자족
나도야 익어갈수록 초록처럼 살고파

# 몽당이랑 나랑

아련한 어린 기억
몽당이랑 보낸 시절

추석빔 사준 치마
그 단 새 몽당치마

볼펜 댄 몽당연필은
책보 속에 딸강딸강

몽당 머리 꽁댕이는
뛸 때마다 달싹달싹

앉은뱅이 책상 앞에
무릎 몽땅 개고 앉아

부푼 꿈 몽당빗자루
올라타고 꾸었네

# 그땐 그랬지

한겨울 점심 한때는 아궁이 군불 지펴
둥근 솥 가득 삶은 웅툭뭉툭 길쭉한
말캉한 물고구마들 한 끼 식사 전부인

먹을 것이 귀한 시절 눈 속에 묻어 났다
깎아먹는 생고구마 그 맛도 일품이라
동치미 한 사발이면 막힌 속도 뻥 뚫려

참새고기 먹겠다고 판자를 세워놓고
볍씨 뿌려 유인해서 사내끼로 잡아 댕겨
참새는 날아가 버리고 창호지만 뚫렸네

그땐 눈도 많이 와서 오빠야들 사냥놀이
얻어걸린 꿩 덕분에 기름진 고기 냄새
꿩고기 시큼한 그 맛 잊을 수가 없구나

그 시절 추억들은 들꽃처럼 피어나
백발만큼 희미해진 안개 서린 기억 속
노년의 쓸쓸한 삶에 모닥불이 되리라

# 여름아, 잘 가

매미가 온다 간다
말도 없이 떠난 곳에

귀뚜라미 폴짝 날아
자리 잡고 귀뚤귀뚤

여름도 방을 빼려고
떠날 채비 꾸리나?

# 가을

맑아서 더 긴 하늘
밝아서 더 먼 바다

넘실대는 황금 들녘
부서질 듯 환한 햇살

멍석 위 빨개진 고추
수줍은 듯 구른다

# 목간통 사랑

대목을 앞에 두고 목간을 시키실 적
커다란 함지박에 육 남매 순서대로
때 빼고 입히시느라 흘리셨던 땀방울

간지러 비비꼬면 등을 한번 쳐주시며
시커먼 묵은 때를 한 겹 두 겹 벗겨낼 제
얼마나 지치셨을까 어찔어찔했을 걸

물동이로 물 길어 가마솥에 불 지펴
허약하신 울 엄마 이겨 온 세월 담아
감기고 씻기신 손길 다사롭던 그 사랑

# 선생님, 감사합니다

학생 때 제삿날에 고향집 내려갈 제
꼬깃한 만 원짜리 제 손에 쥐어주시던
선생님 따뜻한 사랑 지금까지 생생해

요즘에 보기 드문 부모 같은 선생님
성인 되어 돈 벌면 결초보은하리라
초여름 어느 더운 날 찾아가서 뵈었네

귀한 책 사주시며 평생에 교편생활
제 하나 건졌다 시던 서점 안의 말 듣고
도둑질 들킨 것 마냥 뜨끔하니 걸렸네

# 행복의 틈새

가슴속 여닫이문
살며시 훔쳐보다

아물지 않은 상처
다시 떠올리면서

흐르는 붉은 눈물을
긴 호흡에 삼키네

누구나 가슴 한 켠
남모를 비밀의 방

자물쇠 매달고서
거센 풍랑 헤쳐갈 때

어느새 핵을 건드려
풀리려는 쇳대여

근심을 비워내는
절간의 해우소처럼

비워야 채워지고
잊어야 살아지지

행복이 들어갈 틈새
빈자리에 생기네

# 해설

---

## 『갯메꽃』시집을 읽고

윤덕진(연세대 명예교수)

# 『갯메꽃』시집을 읽고

윤덕진(연세대 명예교수)

과거는 어두운 기억 속에 희미하다. 현존은 이 남아의 과거 없이는 성립할 수 없다. 선택되지 않은 운명의 시간에는 후회와 자족이 뒤범벅된 의식이 가득 차 있다. 현존은 이 혼돈을 정리하여 질서 잡힌 미래로 향할 책무를 지기도 한다.

사월은 가장 잔인한 달 죽은 땅에서 라일락을 키워 내고 추억과 욕정을 뒤섞고 잠든 뿌리를 봄비로 깨운다.

(엘리어트, 「황무지」)

만일 라현자 시인이 자신의 바람대로 현대시를 쓴다고 한다면, 엘리어트와 같은 전설과 현실이 뒤섞인 특이한 서정세계를 이루어 낼 것이다. 1부 길, 2부 호랑이 장가가는 날이 유년의 기억과 향리의 전설이 교합된 과거의 세계이며, 3부의 식물 제제는 이 세계를 여성의 섬세함으로 구체화 시킨 것이며, 4부

그러게, 아니야는 현재의 삶을 유지하는 생활 의식이 앞의 과거세계와 긴장 내지 공존 관계를 이룬 상태로 볼 수 있다. 마지막 5부 용서 전반부는 주로 기념시조 백일장에 출품했던 작품들이며, 나머지는 종교적인 회심이 반영된 작품들이다.

시인이 제시한 작품들을 위와 같이 재배열하면서 들었던 생각들을 풀어 놓는 것으로 해설에 충분히 가름할 수 있다는 믿음을 가졌다. 1-2부의 연쇄가 3부의 식물들로 구체화 되고 4부의 개인적인 생활체험이 5부에서 공동의 사유로 확대되는 동선은 해설자가 뒤에 마련한 것이 아니라 시인에 의해 미리 이루어진 것을 깨닫고 해설이란 창작에 수반되는 한낱 후속적인 과정일 뿐이라는 사실, 마치 운명에 의해 정해진 개개의 존재는 어느 누구에 의해서도 바꾸어지거나 조작될 수 없는 것과 마찬가지의 절대적인 엄숙함마저 지니는 것과 유사한 일회성이 작품 창작에는 엄존한다는 사실을 깨닫는 소득을 얻은 것으로 해설의 충분한 보상을 받았다는 생각을 먼저 토로하고자 한다.

전북 부안은 서해안에서 가장 아름다운 노을을 지닌 곳임을 그에 못잖은 노을의 아름다움이 감추어져 있다고 뻐기던 인천 사람인 내가 부안의 저물녘에 당도해서 느낀 첫 인상이었다. 산과 바다가 장대하게 어우러진 노을이 조망대에 올라서 부안의 바다를 기품 있게 꾸미고 있음을 온몸으로 받아들일 수밖에 없었다. 하지만, 라현자 시인의 작품에는 이런 성인적인 정서보다는 성장기의 세세한 물정들이 곳곳에 자리

잡고 있었다. 그는 고향에 돌아가지 못하는 이들의 향수를 깊이 간직하고 있음을 알 수 있었다. 1부 길에 실린 작품들은 그의 삶을 이끄는 원초적인 동력이 다름 아닌 향수, 그 자체임을 알려준다.

1부의 어느 작품이나 이런 지식을 전해주고 있지만, 성마르지 않은 은은한 베풂은 다음과 같은 작품에서 잘 드러나고 있다.

해마다 이 맘 때면
잠에서 일찍 깨어

한 번도 넘지 못한
그 집 앞 담장 아래

새콤한 살구 주우러
달려가곤 했었지

잘 익은 알일수록
홍시처럼 떨어져서

바닥을 가득 채운
화사한 볼그레함

새악시 볼처럼이나

오래 남는 기억들

노오란 주근깨 껍질
내 얼굴과 닮았네

손 안에 남아있는
보드라운 감촉과

깨물면 진저리 치던
시디신 맛 생각나
(「살구 익는 철」 전문)

볼그레한 새악시볼과 주근깨 내 얼굴을 대조한 시상이 참
신하다. 억지로 그런 배열을 시도한 것이 아니라, 갈 수 없는
고향에 대한 그리움이 동경하는 대상과 결핍된 현존의 공존
을 자연스럽게 시도하게 했을 것이다.
  2부의 표제시 「호랑이 장가가는 날」은 전설의 세계야말로
향수의 본질을 이룸을 표명하고 있는 작품이다.

떠도는 구름 새로
뚫고 나온 반짝 햇살

소나기 분수 칠 때

호랑이 장가가네

예식이 익어갈 즈음
자드락비 퍼붓네

는개는 다소곳이
더위를 초청하고

잔바람 후텁지근
살갗을 간질이니

무서운 임 잔칫날엔
날씨마저 널뛰네
(「호랑이 장가가는 날」 전문)


　시인이 현대시로 건너가고 싶다는 속생각을 털어놓았을 때
에 나는 적잖이 서운했었다. 이런 시어 구사를 시조가 아닌
다른 양식으로 할 수 있으려면 심한 고초의 기간이 필요하리
라는 생각에서였다. 남의 고초를 구경하자는 잘못된 심보가
아니라, 라 시인이 보다 정련된 양식 속에서 단단히 마음을
다지고 난 먼 뒷날, 초정 선생이 해보신 것처럼(시조만큼 시원
한 감동은 못 느꼈다!) 가볍게 들어가는 게 맞지 않나 하는 노파
심에서 나온 생각이었다.

기왕에 말이 나온 김에 왜 라 시인은 성급하게 현대시로 건너가려는가를 짚어보고자 한다. 5부에 이 문제에 대한 많은 암시가 두어져 있다. 4부에서 생활인으로서의 라현자 시인의 면모를 잘 드러내 보이고 있다면, 5부의 기념시조와 종교적인 회심에 해당하는 주제의 작품들은 시인으로서 활동해야하는 운명에 대한 기대와 불안이 가득 담겨있다. 기념시조들은 원래 시조 양식이 지닌 공공성을 활용한 것으로 볼 수 있다. 또한, 라 시인의 생활에 대한 긍정적인 시각이 반영된 것으로 볼 수도 있다. 문제는 종교적인 회심이 담겨있는 후반부의 작품들에 대한 논의가 필요하다는 점에 있다.

이 작품의 서시를 「용서」로 삼은 것은 전적으로 해설자의 시각에 의한 것이다. 시인이 걸려있는 인생과 사유의 "주홍글씨"가 해설자의 눈에도 띄었기 때문이다. 기독교적인 원죄라기보다는 범상한 인간관계의 얽힘이 이 여성의 활달한 기상을 옥죄이고나 있지 않나 하는 생각에서 5부의 한 작품을 우선 읽어 보기로 한다.

귀한 책 사주시며 평생에 교편생활
제 하나 건졌다시던 서점 안의 말 듣고
도둑질 들킨 것 마냥 뜨끔하니 걸렸네

전 3연으로 되어있는 〈선생님, 감사합니다〉의 마지막 연이다. 해설자도 비슷한 언급을 몰래 듣게 한 선생님을 평생 잊지 못한 기억이 있기에 이 시연이 눈에 띄었나보다. 해설자가 그 스승을 떠올리며 평소의 나태를 채찍질했던 기억이 생생하다. 자기를 인정해주는 사람, 특히 스승을 모신 것보다 더한 삶의 영광이 없으리라! 모르겠지만, 라 시인도 스승의 인정에 평생 삶의 약속을 걸은 것은 아닐까?

이쯤에서 서시 「용서」의 확대판이라고 할 수 있는 본편 〈용서〉를 꺼내어 보자.

살살이 짓밟히고 오롯이 감당하다
캄캄한 방구석에 웅크린 작은 새
속속히 무리 속에서 따돌려진 그 이름

왜 나여만 하나요 신을 향해 울어 봐도
영혼을 옭아매듯 밤 그림자 쫓아오네
기억 속 고통의 바다 너무 깊고 아득해

때린 놈 다리만 잘 뻗고 자는 세상
철없을 때 그렇지 뭐 새털 같은 그런 말들
정수리 욱신거리는 주홍 글씨 피멍울

우리가 우리에게 죄지은 자 사하여주듯
하늘 계신 아버지께 비는 용서 간곡하다
바라본 캄캄한 하늘 별도 달도 찬연해

(「용서」 전문)

　"따돌림(왕따)"이라는 흔한 말을 가장 먼저 떠올리게 된다. 듣기로는 남학생들의 폭력보다도 더 주눅 들게 하는 것이 여학생들의 "왕따"라고 한다. 근거 없는 소문에 휩싸여 고뇌하는 연약한 영혼들에게 이 시조 마지막에서 제안한 하늘의 별과 달 바라기가 효과를 줄 수 있었으면 좋겠다.

　더 이상 라 시인의 책무를 확대하지 마시고 주기도문의 낭랑한 가락을 좇아갈 수 있는 시조의 특성을 활용하여 보다 많은 사람의 심금에 파장을 던지는 그런 시조를 써 주시기 바란다.

　돈후(敦厚)는 시경 주자 서문의 온유돈후(溫柔敦厚)에서 따온 말이거니와 퇴계 선생도 〈도산십이곡〉 발문에서 시교(詩敎)의 중심으로 언급하셨다. 두텁고 후한 인정과 자애에 넘치는 마음이야말로 시를 짓는 이가 도달해야할 궁극의 목표라고 여긴다.

　표제시로 권하는 「갯메꽃」의 질박하고도 강인한 의지가 돈후 라 시인의 개성으로 우뚝하기를 기원하는 간절한 심경을 담아 조잡하기 짝이 없는 해설을 3부의 아름다운 꽃들과의 만남에 덧붙인다. 이 시조집의 3부를 다섯 부분의 중앙에 세우고 싶었다.

# 갯메꽃

라현자 지음

발 행 처 · 도서출판 청어
발 행 인 · 이영철
영    업 · 이동호
홍    보 · 천성래
기    획 · 남기환
편    집 · 방세화
디 자 인 · 이수빈 | 김영은
제작이사 · 공병한
인    쇄 · 두리터

등    록 · 1999년 5월 3일
(제1999-000063호.)

1판 1쇄 발행 · 2020년 7월 20일

주소 · 서울특별시 서초구 남부순환로 364길 8-15 동일빌딩 2층
대표전화 · 02-586-0477
팩시밀리 · 0303-0942-0478

홈페이지 · www.chungeobook.com
E-mail · ppi20@hanmail.net
ISBN · 979-11-5860-864-4(03810)

이 도서의 국립중앙도서관 출판시도서목록(CIP)은 서지정보유통지원시스템 홈페이지
(http://seoji.nl.go.kr)와 국가자료공동목록시스템(http://www.nl.go.kr/kolisnet)
에서 이용하실 수 있습니다.(CIP제어번호: CIP2020017630)